# Circles

## Ganzheitliche berufliche Orientierung für die Sekundarstufe II

### Arbeitsheft

von
Mathias Geiger
Sandra Thomalla

Ernst Klett Verlag
Stuttgart · Leipzig

# Inhalt

1

# Abi – und dann?

## So ging es nach dem (Fach-)Abitur für uns weiter

M1 Frederik, Aylen und Raffaela haben vor fünf Jahren Abitur gemacht. Während eines Career Days, der an ihrer früheren Schule stattfindet, berichten sie von ihrem Werdegang.

**Frederik:** Direkt nach dem Abi habe ich Physik studiert. In der Schule machte mir das Fach Spaß, aber das Studium war mir zu theoretisch. Nach einem Semester wechselte ich zu Jura. Mir gefielen die Berufsmöglichkeiten nach dem Abschluss. Ich konnte mich gut durchbeißen, aber meine Leistungen waren nur durchschnittlich. Parallel zum Studium fing ich an zu werkeln: neue Möbel für mein WG-Zimmer. Ich begann auch Ausstellungen zu besuchen und Design- und Architekturbücher zu lesen. Im zweiten Semester Jura erzählte ich dann meinen Eltern von meiner Unzufriedenheit und meiner Idee, beruflich in Richtung Design und Architektur zu gehen. Ich besuchte die Studienberatung und machte einen Eignungstest bei der Arbeitsagentur. Ich entschloss mich für das Studienfach Innenarchitektur. In den nächsten Monaten arbeitete ich an meiner Mappe für die Bewerbung. Außerdem machte ich parallel ein Praktikum bei einer Innenarchitektin. Alle meine Anstrengungen zahlten sich aus: Ich studiere mittlerweile in Düsseldorf Innenarchitektur und es läuft richtig gut.

**Aylen:** Ich habe gerade mein duales Studium „Digitale Medien“ in einem großen Unternehmen abgeschlossen. Der Weg dorthin zog sich etwas, was meinen Eltern mehr Sorgen bereitet hat als mir selbst. Ich wusste, dass ich etwas mit Medien machen möchte. Aber zunächst wollte ich reisen, Asien und Australien erkunden. Die Vorbereitungszeit für meine Reise hatte ich aber etwas unterschätzt, ich konnte erst im Herbst starten. Nach meiner Rückkehr im Mai beschäftigte ich mich dann intensiver damit, was ich genau machen möchte. Die Berufsmöglichkeiten im Bereich Medien überforderten mich erst einmal. Nach einiger Zeit entschied ich mich dann für ein duales Studium, aber alle Unternehmen hatten schon ihre Plätze für den Start im Sommer vergeben. Also musste ich auf den nächsten Bewerbungszeitraum warten. Die Zeit überbrückte ich mit einem Job im Einzelhandel. Eintönig, aber zumindest konnte ich etwas Geld verdienen. Nach dem erfolgreichen Auswahlverfahren konnte ich mein duales Studium dann beginnen und freue mich jetzt, nach meinem Abschluss richtig durchzustarten.

**Raffaela:** Für mich gab es nach dem Abi keine große Verschnaufpause. Ich wollte schon lange etwas im Bereich Eventmanagement machen. Auf einer Messe zum Thema Ausbildung und Studium entdeckte ich den Beruf „Veranstaltungskaufmann/-frau“ und erhielt auch ein paar Adressen von Unternehmen. Im Gespräch an einem Messestand überzeugte mich, dass ich in dem Ausbildungsberuf meinen Spaß am Organisieren ausleben kann. Außerdem gefiel mir die Idee nach der Schule direkt mein eigenes Geld verdienen zu können. Im Internet informierte ich mich dann genauer und verschickte noch vor den Abschlussprüfungen einige Bewerbungen. Es gab ein paar Absagen, aber im Frühsommer konnte ich einen Ausbildungsvertrag unterschreiben. Mittlerweile wurde ich von meinem Ausbildungsbetrieb übernommen und hoffe, dort weiterhin aufsteigen zu können.

**1** Notieren Sie alle Herausforderungen, die in den Berichten angesprochen werden → M1. Ergänzen Sie die Liste um weitere Schwierigkeiten, die bei der Berufs- und Studienwahl auftreten könnten.

Herausforderungen

______________________________
______________________________
______________________________
______________________________
______________________________
______________________________
______________________________

**2** Tauschen Sie sich darüber aus, welche Tipps und Hinweise Sie aus den Berichten für den eigenen beruflichen Orientierungs- und Entscheidungsprozess ableiten können. Notieren Sie diese.

Tipps & Hinweise

______________________________
______________________________
______________________________
______________________________
______________________________
______________________________
______________________________

**3** Vergleichen Sie die Wege und diskutieren Sie, ob und inwiefern einer der drei Wege zum Berufsziel als zielführender bezeichnet werden kann.

# Meine Zukunftsreise

**M2 Illustration Zeitreise**

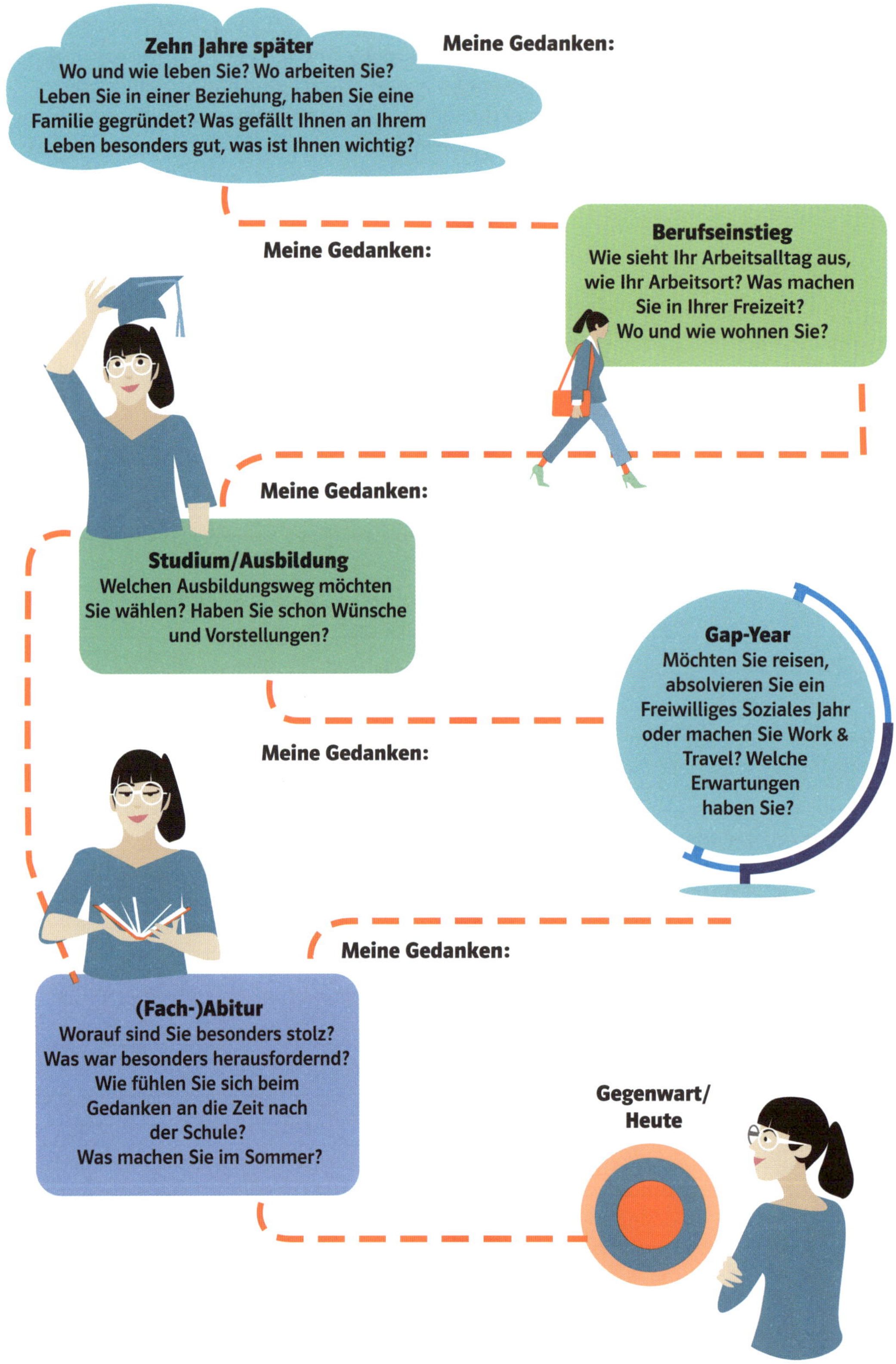


**1** Notieren Sie in Stichpunkten Ihre Wünsche, Vorstellungen und Befürchtungen zu den einzelnen Etappen → M2. Beginnen Sie mit der Etappe „(Fach-)Abitur". Die Fragen in der Grafik können Sie als Anregung nutzen.

# Meine Stärken, Werte und Interessen

M3

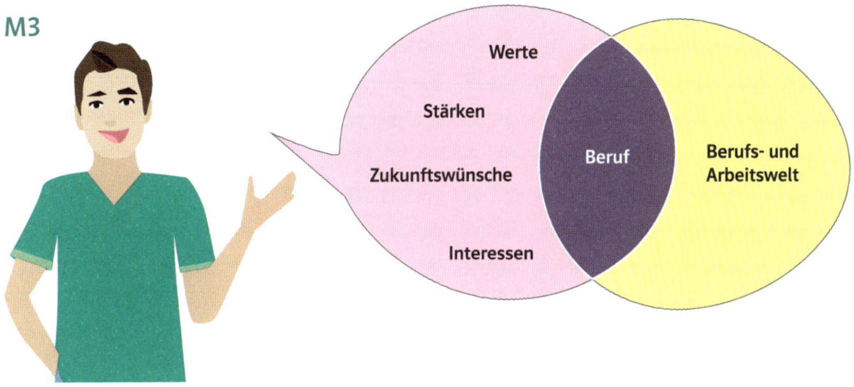


**1** Beschreiben Sie die Grafik → M3. Welche Begriffe fallen Ihnen zu den Themen „Werte", „Stärken", „Zukunftswünsche" und „Interessen" ein? Notieren Sie diese in der Tabelle.

| Werte | Stärken | Zukunftswünsche | Interessen |
|---|---|---|---|
| | | | |
| | | | |
| | | | |
| | | | |
| | | | |

**2** Sammeln Sie Möglichkeiten, wie bzw. woran Sie eigene Interessen und Stärken erkennen können. Notieren Sie die Ergebnisse.

M4 **Zitate zum Thema Arbeit**

*„Mein Beruf ist für mich alles im Leben – er erfüllt mich, motiviert mich und ich bin seit der Ausbildung im Unternehmen. Die Firma ist nun pleite und ich muss mich komplett neu orientieren. Wo fange ich an? Ich kenne nichts anderes."*
Nicole, 45 Jahre

*„Ich habe bereits in unterschiedlichen Berufen gearbeitet, aber einen Beruf, der mich glücklich macht, leider noch nicht gefunden. Das Ausprobieren macht mir aktuell noch Spaß. Hoffentlich kann ich bald beruflich ankommen."*
Simon, 30 Jahre

*„Arbeit ist für mich der Antreiber, um persönliche Ziele zu erreichen. Ich bin damit aufgewachsen, dass ich mir mit guter Arbeit auch den Traum vom eigenen Haus verwirklichen kann."*
Janosch, 55 Jahre

*„Meine Eltern haben nicht studiert, für sie zählt ein sicherer Job und ein gutes Gehalt. Für mich zählen andere Werte wie Zufriedenheit, Flexibilität und ein gutes Team im Job."*
Rachel, 25 Jahre

**3** Sammeln Sie die Gemeinsamkeiten und Unterschiede hinsichtlich der Einstellung zur Arbeit → M4 und tauschen Sie sich in einer Kleingruppe dazu aus.

| Gemeinsamkeiten | Unterschiede |
|---|---|
| | |
| | |
| | |
| | |

## Reflexion: Meine Werte

M5 Was willst du nach dem Abi machen? Hast du schon Unis im Auge? Willst du wegziehen? Geh doch mal auf eine Berufsorientierungsmesse!
All diese Fragen und Sätze hört Elias aktuell ständig – von Eltern, Verwandten, Lehrkräften. So langsam ist er es leid. Insbesondere mit seiner Mutter diskutiert Elias oft über die unterschiedlichen Vorstellungen von der Arbeitswelt.
Für Elias' Mutter zählen im Beruf vor allem ein sicherer Arbeitsplatz und ein verlässliches Einkommen. Außerdem schätzt sie klare Strukturen, feste Regeln und die Möglichkeit im Unternehmen Karriere zu machen.
Elias kann nicht verstehen, warum seine Mutter das Thema Sicherheit so in den Vordergrund stellt. Er träumt von einem Job, in dem er das Gefühl hat, etwas Sinnvolles zu leisten. Die Möglichkeit kreativ und eigenständig zu arbeiten ist ihm wichtiger als ein hohes Gehalt oder strenge Regeln. Wenn die Chemie im Team nicht stimmt, wäre das für Elias ein Grund den Job zu wechseln.

**1** Lesen Sie den Text → M5. Waren Sie schon einmal in der Situation von Elias? Notieren Sie Ratschläge, die Sie im Bezug auf Ihre berufliche Orientierung von Verwandten oder Bekannten bereits bekommen haben.

**2** Diskutieren Sie in der Gruppe, ob und inwiefern Werte Einfluss auf den beruflichen Orientierungsprozess nehmen sollten.

**3** Gehen Sie die Tabelle → M6 an Prioritäten durch und überlegen Sie sich, welche Ihnen im Berufsleben am meisten bedeuten. Ergänzen Sie fehlende Prioritäten, wenn Ihnen diese besonders wichtig sind.

**M6 Prioritäten im Berufsleben**

| (mentale) Gesundheit | Familienleben | Reichtum | Nachhaltigkeit |
|---|---|---|---|
| Work-Life-Balance | finanzielle Sicherheit | Hilfsbereitschaft | Unabhängigkeit |
| Abenteuer erleben | soziale Gerechtigkeit | Gleichberechtigung | Respekt |
| Karriere | Freundschaften | Freiheit | Teamgeist |
| Kreativität | Anerkennung | Verantwortung | |
| | | | |

**4** Diskutieren Sie in Gruppen von drei bis vier Personen, ob Sie persönlich Einbußen beim Gehalt hinnehmen würden, wenn Sie für ein Unternehmen arbeiten könnten, das für Sie wichtige Werte berücksichtigt, z. B. sozial-ökologische Verantwortung.

## Mein beruflicher Orientierungsprozess: Wo stehe ich gerade?

→ **M7 Persönliche Reflexion**

Meine Wünsche und Ziele für die Zukunft

______

______

______

______

______

______

| Meine Stärken | Meine Interessen | Meine Werte |
|---|---|---|
| ______ | ______ | ______ |
| ______ | ______ | ______ |
| ______ | ______ | ______ |
| ______ | ______ | ______ |
| ______ | ______ | ______ |

1 Füllen Sie die Übersicht „Persönliche Reflexion" → M7 aus. Gehen Sie dazu auch in Gedanken frühere Aktivitäten Ihrer beruflichen Orientierung durch (z. B. Praktikum, Betriebserkundungen) und überlegen Sie, welche Erkenntnisse Sie daraus ziehen konnten.

2 Stellen Sie sich die Ergebnisse in Kleingruppen vor. Leiten Sie aus den Wünschen, Zielen, Stärken, Interessen und Werten des Einzelnen mögliche Berufe oder Studiengänge ab.
Jedes Gruppenmitglied notiert sich mindestens drei Vorschläge.

Vorschläge möglicher Berufe bzw. Studiengänge

3 Reflektieren Sie den Austausch persönlich. Wie bewerten Sie die Vorschläge?

Bewertung

4 Ziehen Sie Ihre persönlichen Schlussfolgerungen: Mit welchen Aspekten (z. B. Berufe, Ausbildungswege oder Studiengänge) möchten Sie sich genauer beschäftigen? Welche Fragen sind offengeblieben?

Schlussfolgerungen

Offene Fragen

# Zukunftsvision Traumberuf?

**1** Tauschen Sie sich zu zweit über Fachgebiete bzw. Themen einer möglichen Arbeitsstelle aus. Die folgenden Begriffe können Ihnen zur Anregung dienen. Ergänzen Sie gemeinsam weitere Fachgebiete und Themen.

| Digitales | Kunst | Natur | Technik |
|---|---|---|---|
| Handwerk | Soziales | Internationalität | Verwaltung |
| Reisen | Bildung | Technologie | Gesundheit |
| | | | |
| | | | |

**2** Reflektieren Sie: Welche Fachgebiete und Themen interessieren Sie besonders? Welche passen zu Ihren Stärken und Werten?

---

---

**3** Nutzen Sie die Gedanken aus diesem Kapitel abschließend, um sich Ihre Zukunft konkret auszumalen. Dafür können Sie digital oder an einer Pinnwand ein Vision Board erstellen.

Folgende Inhalte könnten Sie auf Ihrem Vision Board integrieren:
- motivierende Zitate
- Wünsche für Ihr zukünftiges Ich
- konkrete Schritte, die Sie zu Ihrem Ziel führen
- Fotos oder Illustrationen, die Sie inspirieren

# 2

# Wege zur Entscheidung

## Herausforderungen nach dem (Fach-)Abitur begegnen

Das Leben bietet in allen Phasen Herausforderungen. Die einen wählen wir freiwillig, mit anderen werden wir konfrontiert. Alle Herausforderungen haben eins gemeinsam: Es handelt sich um ungewohnte Situationen, in denen wir gefordert werden. Das kann zum Beispiel eine Abiturklausur, der Sprung vom 10-Meter-Turm, ein Wettkampf oder das erste Bewerbungsgespräch sein. Wer sich Herausforderungen stellt, verlässt die persönliche Komfortzone. Das 3-Zonen-Modell veranschaulicht dies.

M8 **Das 3-Zonen Modell**

**1** Notieren Sie sich Stichpunkte zu den Zonen → M8: In welchen Situationen fühlen Sie sich wohl? Welche Tätigkeiten gehen Ihnen leicht von der Hand? Bei welchen Schritten zögern Sie, Ihre Komfortzone zu verlassen?

______________________________________________

______________________________________________

______________________________________________

______________________________________________

______________________________________________

**2** Mit manchen Herausforderungen nach dem (Fach-)Abitur können Sie sich bereits auseinandersetzen.

**M9 Herausforderungen nach dem (Fach-)Abitur**

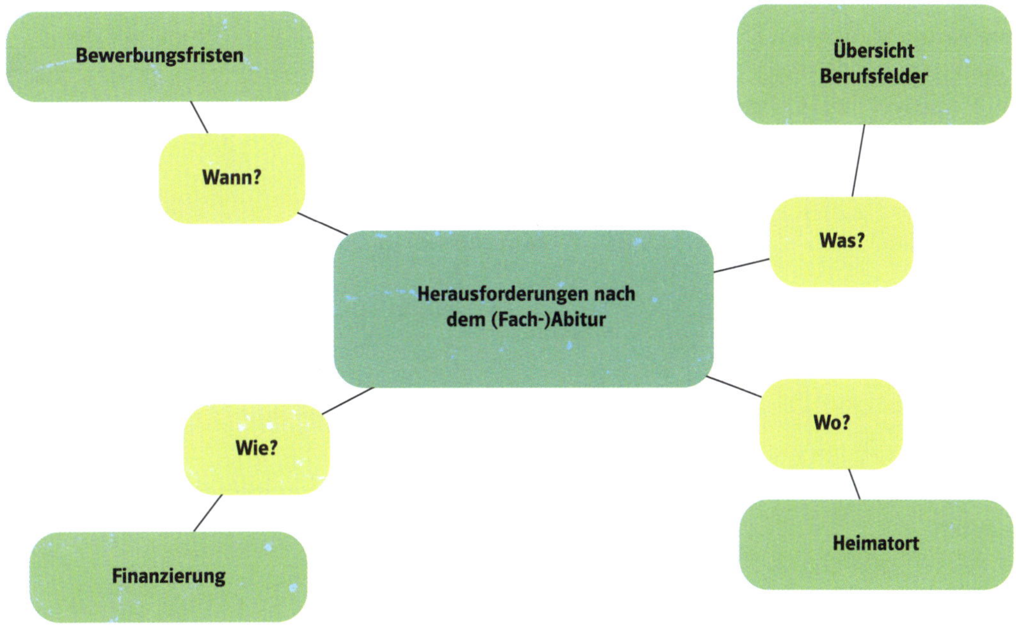


**2.1** Sammeln Sie paarweise im ersten Schritt mögliche Herausforderungen nach dem (Fach-)Abitur. Die Gedankenkarte → M9 kann Ihnen hierbei als Orientierung dienen. Notieren Sie Ihre Ideen stichpunktartig.

Beispiel: Wohnungssuche, Informationsüberfluss ...

**2.2** Wählen Sie aus den gesammelten Aspekten drei bis vier aus und notieren Sie sich erste Ideen, mit denen Sie die Herausforderung angehen können.

Beispiel: Recherche von Finanzierungsmöglichkeiten, Sichten von Infomaterial zu verschiedenen Berufen ...

# Entscheidungshilfe: Meine Berufswahlkriterien

**1** Berufswahlkriterien können im beruflichen Orientierungsprozess bei der Entscheidung helfen. Gehen Sie die Liste → M10 durch und gewichten Sie die Kriterien. Vergeben Sie für jedes Kriterium Punkte (1 = total unwichtig, 5 = sehr wichtig).

→ M10 **Meine Berufswahlkriterien**

| **Berufswahlkriterium** | **Bewertung** (1–5 Punkte) | **Recherche zu meinem gewählten Beruf:** ______ |
|---|---|---|
| Arbeitsmarktchancen | | |
| Gehalt | | |
| Karrierechancen | | |
| Sicherer Arbeitsplatz | | |
| Heimatnaher Standort | | |
| Spaß und Erfüllung | | |
| Familienfreundlichkeit | | |
| Geregelte Arbeitszeiten | | |
| Teamarbeit | | |
| Eigene Ideen einbringen | | |
| Eigenverantwortlichkeit | | |
| Abwechslungsreiche Aufgaben | | |
| Internationalität | | |
| Work-Life-Balance | | |
| Image des Berufs | | |
| Sinnhafte Arbeit | | |
| **Fazit:** | | |

**2** Recherchieren Sie, inwiefern ein für Sie interessanter Beruf mit den Berufswahlkriterien vereinbar ist. Achten Sie hierbei auf Ihre persönliche Gewichtung und ob Ihre wichtigsten Berufswahlkriterien mit dem ausgewählten Beruf kompatibel sind. Notieren Sie Ihre Bewertungsergebnisse und ein abschließendes Fazit in der Tabelle → M10.

**M11 Erwartungen an die Berufstätigkeit**

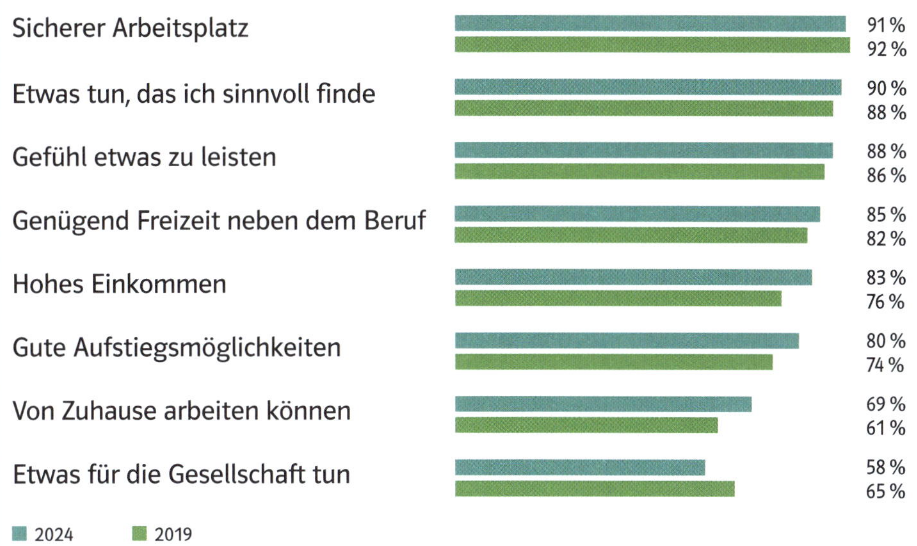


Quelle: Shell Jugendstudie 2024

**3** Ermitteln Sie innerhalb des Kurses, welche Kriterien die vier Favoriten sind. Vergleichen Sie das Ergebnis mit den Ergebnissen der Studie → M11.

**4** Was denken Sie, welche Kriterien von → M10 bzw. → M11 sich gegenseitig ausschließen und warum? Gibt es Kriterien, die sich gut miteinander verbinden lassen?

______________________________________________

______________________________________________

______________________________________________

______________________________________________

______________________________________________

# Ein Berufsfeld = mehrere Möglichkeiten

Armin, Elif und Benjamin haben zwei Dinge gemeinsam:
Sie haben das Abitur bereits in der Tasche und interessieren sich für den Bereich Informatik.
Die Informatik bietet für Abiturient:innen vielfältige Möglichkeiten in Bezug auf den Schwerpunkt und den Ausbildungsweg. Da kann die Entscheidung schwerfallen.

→ **„Nach dem Abitur was mit Informatik machen“**

| Duale Ausbildung, z. B.: | Studium, z. B.: | Duales Studium, z. B.: |
|---|---|---|
| • Fachinformatiker:in Anwendungsentwicklung<br>• Fachinformatiker:in Systemintegration<br>• Informatikkaufmann/-kauffrau<br>• IT-Systemelektroniker:in | • Bioinformatik<br>• Medieninformatik<br>• Medizinische Informatik<br>• Allgemeine und digitale Forensik<br>• Informatik | • Angewandte Informatik<br>• IT-Security<br>• Verwaltungsinformatik<br>• Wirtschaftsinformatik<br>• Künstliche Intelligenz |

**Armin:**
Ich bin dualer Student der Wirtschaftsinformatik bei einem großen Unternehmen. Natürlich hätte ich auch ein Wirtschaftsinformatikstudium an einer Uni absolvieren können. Aber ich finde die Verbindung von Ausbildung im Unternehmen und Studium ideal, weil ich dadurch kontinuierlich das theoretische Wissen im Unternehmen in IT-Projekten anwenden kann. Praktisch ist auch, dass ich eine monatliche Vergütung erhalte und alle Studienkosten übernommen werden. Da in meiner Region keine Ausbildung in diesem Bereich möglich war, musste ich umziehen. Das Geld reicht für den Lebensunterhalt. Und nach dem Abschluss habe ich sehr gute Übernahmechancen. Das gibt mir Sicherheit und ich kann mich voll auf mein Studium konzentrieren.

**Elif:**
Ich studiere Medizinische Informatik. Für mich ist der Studiengang die perfekte Verbindung meiner Interessen. Während der Schulzeit habe ich schon verschiedene Dinge im IT-Bereich ausprobiert. Seit der achten Klasse habe ich den Schulsanitätsdienst an meiner Schule unterstützt. Ich arbeite gerne für und mit Menschen. Das Studium verzahnt die Fachgebiete Informatik und Medizin, aber auch Betriebswirtschaftslehre und Softwareentwicklung spielen eine Rolle. Hierdurch erwerbe ich ein breites Fundament an Methoden und Kenntnissen, wodurch mir nach dem Universitätsstudium viele Karrierewege in verschiedenen Branchen offenstehen, z.B. Wissenschaft und Forschung, die Industrie und das Gesundheitswesen. Auch eine berufliche Tätigkeit außerhalb des Gesundheitswesens ist damit möglich. Das war mir wichtig.

**1** Armin und Elif haben sich für unterschiedliche Ausbildungswege entschieden. Arbeiten Sie die Kriterien heraus, mit denen sie ihre Entscheidung jeweils begründen.

Entscheidungskriterien von Armin

Entscheidungskriterien von Elif

**2** Diskutieren Sie im Plenum folgende Frage: Sehen Sie es als Herausforderung oder Chance, dass es zu einem einzelnen Berufs- oder Studienfeld eine große Anzahl an Möglichkeiten gibt? Sammeln Sie Vor- und Nachteile.

| Vorteile | Nachteile |
| --- | --- |
| | |
| | |
| | |
| | |
| | |

**Benjamin:**
Nach einem Praktikum und einem Schnupperstudium in der 11. Klasse möchte ich unbedingt einen Ausbildungsweg einschlagen, bei dem ich lerne, Software zu entwickeln. Da aber Selbstorganisation nicht zu meinen Stärken gehört, zweifle ich noch, ob ein Studium das Richtige für mich wäre. Ich möchte meinen Eltern auch nicht ewig auf der Tasche liegen, auch wenn sie das natürlich nicht so sehen. Vielleicht kann ich über ein Stipendium oder einen Nebenjob finanziell etwas unabhängiger von ihnen sein. In der Schule war immer alles klar strukturiert und zeitlich genau festgelegt, das fand ich gut. Ich überlege auch, ob sich mein Interesse für Umweltfragen nicht mit meinem Ausbildungsweg verbinden lässt.

**3** Bilden Sie Kleingruppen und schlüpfen Sie in die Rolle eines Coaching-Teams: Entwickeln Sie auf Grundlage von Benjamins Überlegungen einen Vorschlag, welchen Weg er einschlagen könnte.

*Beispiel: Recherche von Unternehmen mit Nachhaltigkeitsstrategie, Ausbildung zum … ,*

*Duales Studium …*

# Aus Berufswegen lernen

## Eine mögliche Erwerbsbiografie

### M12 Mein beruflicher Weg

Hallo, ich bin Laura und komme aus Baden-Württemberg. Wenn ich meinen beruflichen Werdegang in einem Satz beschreiben müsste, dann würde ich sagen: auf das Bauchgefühl hören, aber auch mal mutig sein und einfach ausprobieren!

Nach der Mittleren Reife, die ich 2010 erworben habe, wechselte ich auf ein berufliches Gymnasium mit Schwerpunkt Wirtschaft. Dort habe ich 2013 meine Allgemeine Hochschulreife erworben und durch ein Schülerpraktikum als Maskenbildnerin im Theater meine kreative Seite entdeckt.

Neben der Schule jobbte ich bis zum Abitur in einer Krankenhauskantine. Dort war ich für den Verkauf und hygienerelevante Aufgaben zuständig. Diese Tätigkeit lehrte mich, flexibel zu sein und Verantwortung zu übernehmen. Nach meinem Abitur verbrachte ich ein Jahr als Au-pair in Südengland. Meine erste Gastfamilie und ich harmonierten nicht, doch nach einem Wechsel fand ich schnell meinen Platz. Von Brighton aus bewarb ich mich für ein Bachelorstudium in Betriebswirtschaftslehre (BWL) – eine solide Grundlage für die Zukunft. Dachte ich … Zurück in Deutschland begann ich das BWL-Studium, merkte jedoch bald, dass es nicht das Richtige für mich war. Die Vorlesungen waren viel mathematischer, als mir das noch in der Schule erschien. Nach zwei Semestern entschied ich mich den Studiengang abzubrechen und stattdessen Deutsch, Englisch und Erziehungswissenschaften auf Lehramt zu studieren.

Während des Studiums arbeitete ich regelmäßig. Anfangs war ich in den Semesterferien in Industriebetrieben im Schichtbetrieb tätig, was mir Einblicke in eine andere Arbeitswelt verschaffte. Später nahm ich einen regelmäßigen Nebenjob in einer Supermarktkette an und arbeitete schließlich als wissenschaftliche Hilfskraft im International Office der Universität, wo ich ausländische Studierende betreute. 2020 begann ich mein Referendariat an einem Gymnasium. Diese Zeit war herausfordernd, aber auch unglaublich spannend. Seit 2022 bin ich Lehrerin an einem Gymnasium, unterrichte Deutsch und Englisch und organisiere die schulischen Austauschprogramme.

Rückblickend haben mich all diese Stationen geprägt. Jede Erfahrung – ob positiv oder schwierig – hat mich wachsen lassen und mir geholfen, meinen beruflichen Weg zu finden. Heute weiß ich genau, was ich will und wie ich meine Leidenschaften in meinem Beruf als Lehrerin einbringen kann.

**1** Lesen Sie Lauras Erwerbsbiografie und unterstreichen Sie die einzelnen Stationen auf ihrem Weg zum Beruf.

**2** Tauschen Sie sich zu zweit darüber aus, wie Sie Lauras Weg zum Beruf wahrnehmen. Was hat Sie überrascht? Über welche Erfahrung würden Sie gerne mehr wissen?

**3** Lesen Sie den Text erneut und notieren Sie die grundlegenden Kompetenzen, die Laura auf ihrem Weg erworben bzw. erweitert hat.

______________________________

______________________________

______________________________

______________________________

**4** Überlegen Sie welche Verbindung es zwischen den aufgelisteten Tätigkeiten gibt. Skizzieren Sie Ihre Ideen und diskutieren Sie sie im Anschluss in einer Kleingruppe.

______________________________

______________________________

______________________________

______________________________

# Erste Berufserfahrungen sammeln

Viele junge Menschen sind ratlos, welchen Ausbildungsweg sie nach der Schule einschlagen sollen. Zu den zahlreichen fachlichen Möglichkeiten kommt noch eine gewisse Angst, mit unbekannten Situationen umgehen zu müssen. Viele Berufsbiografien zeigen, dass sich bestimmte Fachrichtungen durchaus wechseln lassen, wenn man merkt, dass der eingeschlagene Weg nichts für einen ist. Ein anderer, überfachlicher Aspekt ist die individuelle Fähigkeit, sich auf neue Situationen einstellen zu können und mit diesen umzugehen. Es geht hier um einen gewissen Erfahrungsschatz, den man bereits in der Schule aufbauen kann. Diese Erfahrungswerte können die persönliche Resilienz stärken, wenn es um die Bewältigung herausfordernder Situationen geht.

**M13 Ein Praktikum absolvieren**

Wenn Sie sich für einen bestimmten Bereich interessieren und in diesen erst einmal hineinschnuppern möchten, können Sie sich, z. B. in den Ferien für ein Praktikum in einem Unternehmen Ihrer Wahl bewerben. Gehen Sie dafür auf die Homepage des Betriebs und suchen Sie dort gezielt nach den Begriffen „Schülerpraktikum" oder „Orientierungspraktikum". Die Vorteile eines Praktikums sind, dass Sie für einen begrenzten Zeitraum in ein Unternehmen und einen Beruf hineinschnuppern können, ohne sich direkt an dieses zu binden. Sie werden dabei auch schon erste Kontakte mit den Mitarbeitenden knüpfen, sodass die Chancen vielleicht steigen, zu einem späteren Zeitpunkt z. B. eine Ausbildung zu beginnen. Der Nachteil eines Praktikums ist, dass es in der Regel nicht bezahlt ist. Tipp: Auf Ausbildungsmessen in Ihrer Stadt lernen Sie eine Fülle an Unternehmen kennen und man kann oftmals direkt am Stand erfragen, ob Praktikumsplätze vergeben werden.

## M14 Einen Nebenjob annehmen

Während man ein Praktikum häufig ganz bewusst in einem bestimmten Bereich absolviert, kann es sich mit einem Nebenjob ganz anders verhalten. Diesen ergreift man primär aus finanziellen Gründen. Dennoch sind Nebenjobs eine wertvolle Ressource für Sie, wenn es um Ihre spätere berufliche Weiterentwicklung geht. Durch einen Nebenjob erwerben Sie überfachliche Kompetenzen, die Ihnen später weiterhelfen: Ausdauer, Umgang mit Herausforderungen, Teamarbeit, Verbindlichkeit und Verantwortungsbewusstsein. Zwei Punkte sind hier besonders wichtig:

1. Der Umgang mit unbekannten Situationen kann Sie in Ihrer Entwicklung stärken. Wenn Sie im Verkauf tätig sind, kann dies zum Beispiel den Umgang mit Kundschaft betreffen. Hier lernen Sie, wie Sie souverän und sicher auf Anliegen eingehen können, und es belastet Sie mit der Zeit weniger wenn jemand einmal nicht so gut gelaunt ist.
2. Ein weiterer wichtiger Aspekt ist die Teamfähigkeit, die im Rahmen eines Nebenjobs geschult wird. Sie sind in diesem Kontext Teil eines Teams und werden lernen, sich in dieses Team einzufügen. Die Zusammenarbeit mit Vorgesetzten und Teammitgliedern ist in den meisten Berufen ein unabdingbarer Teil des Alltags, deshalb ist Teamfähigkeit im Berufsleben so wichtig.

Für einen Nebenjob müssen Sie sich in der Regel zuerst bewerben. Im Internet oder in den Zeitungsanzeigen Ihrer Stadt finden Sie Angebote für Minijobs. Der Vorteil dieser Tätigkeiten ist, dass Sie Ihr Einkommen nicht versteuern müssen, wenn Sie unterhalb der Einkommensgrenze für Minijobs bleiben.

**1** Schreiben Sie die für Sie fünf wichtigsten Merkmale eines Praktikums und eines Nebenjobs aus den beiden Texten heraus.

| Praktikum | Nebenjob |
| --- | --- |
| | |
| | |
| | |
| | |
| | |

**2** Überlegen Sie sich Bereiche, in denen Sie ein freiwilliges Praktikum absolvieren könnten. Gehen Sie dabei von Ihren persönlichen Interessen aus. Notieren Sie Ihre Ideen.

_______________________________________________

_______________________________________________

_______________________________________________

_______________________________________________

_______________________________________________

3

# Möglichkeiten nach dem Schulabschluss

## Ausbildungswege nach dem (Fach-)Abitur

M15 **Übersicht Ausbildungswege**

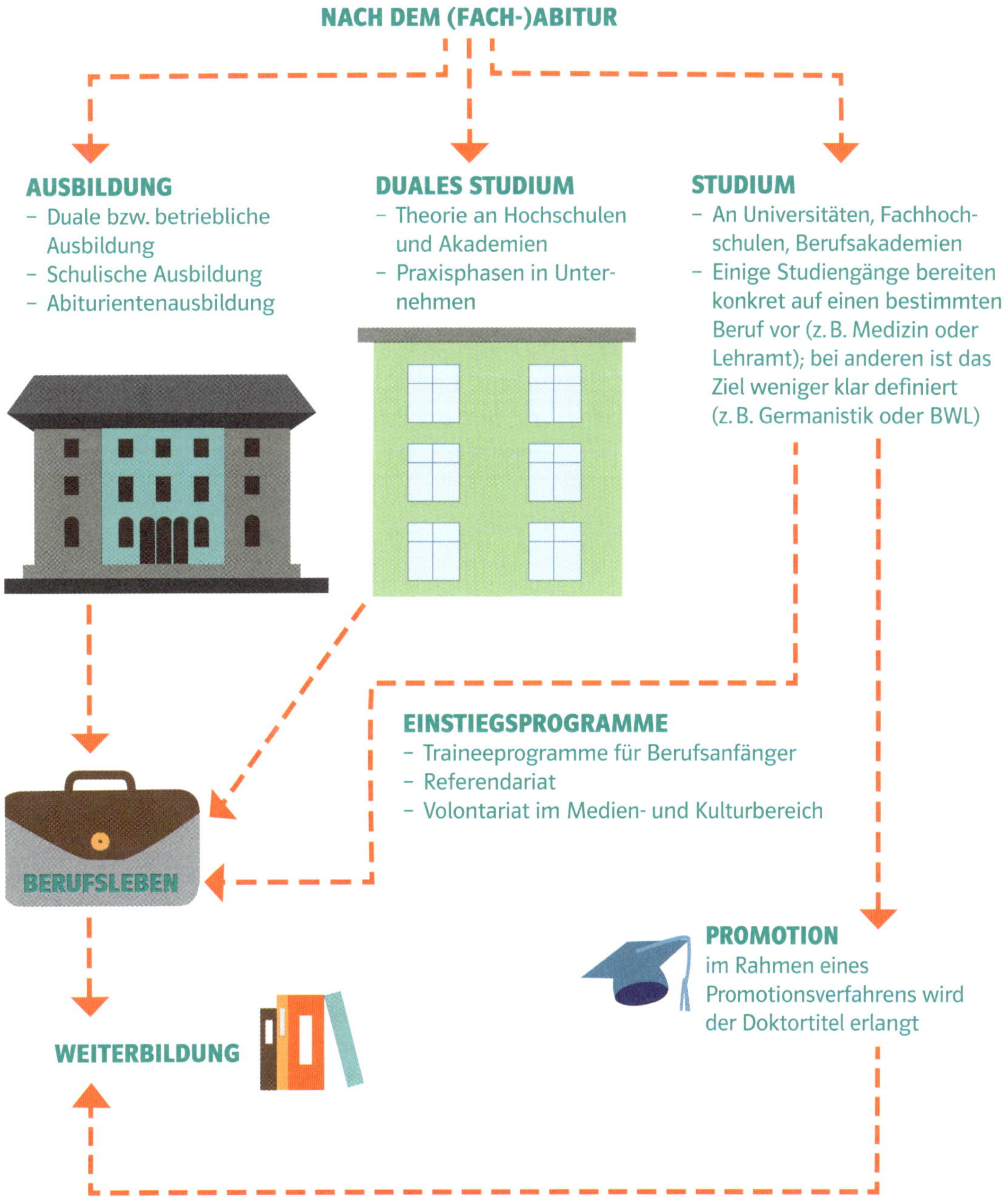

**1** Tauschen Sie sich zu zweit über die Übersicht → M15 aus. Was überrascht Sie? Was war Ihnen bereits bekannt?

**2** Recherchieren Sie weitere Grundzüge der drei Ausbildungswege (z. B. Dauer, Abschluss, Finanzierung). Notieren Sie Stichpunkte zu den Wegen.

______________________________

______________________________

______________________________

______________________________

______________________________

______________________________

## Die Vielfalt der Berufs- und Studienwelt erkunden

Das Angebot ist riesig: Ende 2024 gibt es 22 143 Studiengänge, davon ca. 10 000 Bachelorstudiengänge, 328 anerkannte Ausbildungsberufe und 1 662 duale Studiengänge. Die Aneinanderreihung dieser Zahlen kann das Gefühl der Überforderung wecken. Aber die Zahlen zeigen auch, wie vielfältig die Möglichkeiten für jede einzelne Person sind. Es lohnt sich also, den Fokus von den altbekannten Berufen und Studiengängen, die man aus den Medien oder durch die Familie kennt, auf noch unbekannte Bereiche zu richten. Um dabei aber nicht den Überblick zu verlieren, hilft die Orientierung an Studienbereichen und Berufsfeldern.

**M16 Übersicht Studien- und Berufsfelder**

| Studienfelder | Berufsfelder |
|---|---|
| 1. Agrar-, Forst- und Ernährungswissenschaften | 1. Bau, Architektur, Vermessung |
| 2. Ingenieurwissenschaften | 2. Dienstleistung |
| 3. Mathematik, Naturwissenschaften | 3. Elektro |
| 4. Medizin, Gesundheitswissenschaften, Psychologie, Sport | 4. Gesundheit |
| 5. Wirtschaf swissenschaften | 5. IT, Computer |
| 6. Rechts-, Sozialwissenschaften | 6. Kunst, Kultur, Gestaltung |
| 7. Erziehungs-, Bildungswissenschaften | 7. Landwirtschaft, Natur, Umwelt |
| 8. Sprach-, Kulturwissenschaften | 8. Medien |
| 9. Kunst, Musik | 9. Metall, Maschinenbau |
| 10. Lehramt | 10. Naturwissenschaften |
| 11. Öffentliche Verwaltung | 11. Produktion, Fertigung |
| | 12. Soziales, Pädagogik |
| | 13. Technik, Technologiefelder |
| | 14. Verkehr, Logistik |
| | 15. Wirtschaft, Verwaltung |

**1** Beschreiben Sie ein Studien- oder Berufsfeld → M16 genauer, das Sie interessiert. Tragen Sie die Ergebnisse zu zugehörigen Ausbildungsberufen bzw. (dualen) Studiengängen stichpunktartig in die Übersicht ein.

Studienfeld bzw. Berufsfeld – Kurzbeschreibung

_______________

_______________

| (Ausbildungs-)Beruf bzw. Studiengang | (Ausbildungs-)Beruf bzw. Studiengang |
|---|---|
| _______________ | _______________ |
| _______________ | _______________ |
| Anforderungen und Voraussetzungen (Fähigkeiten, Auswahlverfahren etc.) | Anforderungen und Voraussetzungen (Fähigkeiten, Auswahlverfahren etc.) |
| _______________ | _______________ |
| _______________ | _______________ |
| _______________ | _______________ |
| _______________ | _______________ |
| Dauer und Gliederung der Ausbildung bzw. des Studiengangs | Dauer und Gliederung der Ausbildung bzw. des Studiengangs |
| _______________ | _______________ |
| _______________ | _______________ |
| _______________ | _______________ |
| Inhalte, Aufgaben, Tätigkeiten | Inhalte, Aufgaben, Tätigkeiten |
| _______________ | _______________ |
| _______________ | _______________ |
| _______________ | _______________ |
| _______________ | _______________ |

**2** Tauschen Sie sich zu zweit über die Möglichkeiten zur Berufsfelderkundung → M17 aus. Welche kennen Sie bereits und welche möchten Sie gerne wahrnehmen?

_______________

_______________

**M17 Einige Möglichkeiten zum Erkunden**

- Besuch des Berufsinformationszentrums (BIZ)
- Besuch der Agentur für Arbeit
- Besuch von Messen
- Gespräche mit Berufstätigen, Studierenden, Auszubildenden führen
- Unternehmensbesuche, individuelle Schnuppertage, Praktika
- Teilnahme an Informationstagen, z. B. von Hochschulen, Akademien
- Nutzung von Onlineportalen

# Berufe mit Zukunft?

Cybersecurity Consultant, Umwelttechniker:in oder auch Drohnen-Pilot:in sind im Jahr 2024 gefragte Berufe. Diese Berufe zählen zu den Trendberufen und sind das Spiegelbild einiger Megatrends, die die Arbeitswelt deutlich beeinflussen und verändern.

Der Begriff „Arbeitswelt 4.0“ umreißt diese Veränderungen, die durch die Digitalisierung und den Einsatz neuer Technologien wie Big Data, Robotik und 3D-Druck entstehen. Aber auch die Globalisierung, der demografische Wandel und die Nachhaltigkeit sind von großer Bedeutung für die Arbeitswelt der Zukunft. Diese Veränderungen zeigen sich nicht nur in Bezug auf Berufe und Berufsfelder, sondern z. B. auch hinsichtlich der Arbeitsformen, Arbeitszeitmodelle und Anforderungen an Berufstätige. Arbeitsformen können unter anderem Desk Sharing oder agiles Arbeiten sein. Bei Arbeitszeitmodellen gibt es eine große Vielfalt: von Schichtarbeit über Teilzeit bis hin zur Vertrauensarbeitszeit.

**1** Notieren Sie Ihre Wünsche im Hinblick auf Arbeitsformen und Arbeitszeitmodelle. Was ist Ihnen wichtig? Wo wären Sie bereit Kompromisse einzugehen?

______________________________

______________________________

______________________________

______________________________

______________________________

______________________________

**M18 Trendberufe**

E-Commerce Manager:in

Data Scientist

Gesundheits- und Krankenpfleger:in

Anlagenmechaniker:in
Sanitär-, Heizungs- und Klimatechnik

**2** Informieren Sie sich online über die aufgeführten Trendberufe → M18.
Notieren Sie kurz, warum diese Berufe als Berufe der Zukunft gelten.

### M19 Trendberufe Technik

Softwareentwickler:in

Robotik-Ingenieur:in

**3** Die Berufe in → M19 gelten als Trendberufe. Diskutieren Sie zu zweit mögliche Ausbildungswege für die Berufe. Welche Studienfelder könnten mit den Berufen verknüpft werden?

**4** *„Ich finde was, was du nicht kennst"* – recherchieren Sie online Ihnen unbekannte Berufe.
Wählen Sie einen aus, den Sie im Kurs vorstellen möchten. Erstellen Sie für die Präsentation einen Steckbrief mit folgenden Bestandteilen: Berufsbezeichnung, Aufgaben, Arbeitsort(e), Ausbildungsweg.

Berufsbezeichnung

Arbeitsort(e)

Aufgaben

Ausbildungsweg

# Gap-Year – Möglichkeiten, Chancen & Stolpersteine

Nach der Schule erst einmal durchatmen? Warum nicht? Laut dem Statistischen Bundesamt beträgt die durchschnittliche Lebenserwartung 2024 für Männer und Frauen um die achtzig Jahre. Es spricht also nichts dagegen, nach dem Schulabschluss erst einmal Erfahrungen zu sammeln und sich darüber klar zu werden, welchen Beruf man ergreifen möchte.

Ein Gap-Year kann im Inland und im Ausland verbracht werden. Der Zeitraum ist eine wichtige Schnittstelle zwischen Ende der schulischen Ausbildung und Beginn der Berufs- bzw. Hochschulausbildung. Ein Gap-Year bringt viele Vorteile mit sich: Man kann neue Welten erkunden und aus seinem gewohnten Umfeld blicken, um seinen Erfahrungshorizont zu erweitern. Dafür könnte man zum Beispiel ins Ausland oder in eine andere Stadt ziehen. Beide Optionen sind in diesem Zeitraum besonders gut zu organisieren. Im späteren Berufsleben lassen sich solche Vorhaben nicht mehr so leicht umsetzen, wenn man nicht gerade in einer internationalen Firma in der entsprechenden Position arbeitet. Man kann die Zeit eines Gap-Year auch nutzen, um sich über die eigenen Interessen bewusst zu werden und darüber zu einer fundierteren Entscheidung bezüglich der Berufswahl zu kommen. Außerdem bietet ein Gap-Year die Chance praktische Erfahrungen zu sammeln.

→ M20 **Gap-Year – Möglichkeiten**

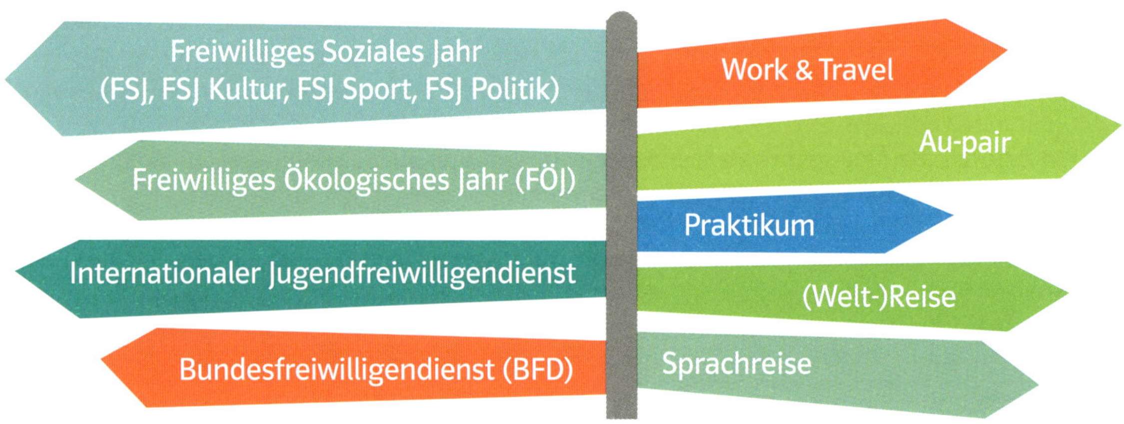


**1** Recherchieren Sie Informationen zu einer der in → M20 aufgeführten Gap-Year-Varianten. Notieren Sie Stichpunkte, z. B. zu Vorbereitung, Dauer, Ablauf oder der Finanzierung.

Vorbereitung

______________________________
______________________________
______________________________

Organisation/Agentur

______________________________
______________________________
______________________________

Dauer

______________________________
______________________________
______________________________

Finanzierung

______________________________
______________________________
______________________________

Ablauf

______________________________
______________________________
______________________________

Sonstiges

______________________________
______________________________
______________________________

**2** Arbeiten Sie mithilfe der Texte (→ M21, M22, M23) Ziele und Erwartungen heraus, die mit der Durchführung eines Gap-Years verbunden sein können.

___

___

___

___

___

___

___

→

### M21 Mats: Freiwilliges Ökologisches Jahr

Mein Freiwilliges Ökologisches Jahr konnte ich bei einer Naturschutzorganisation absolvieren. Meinen Betreuer:innen war es wichtig, dass ich einen breiten Einblick in die Arbeit im Naturschutz bekomme. Ich durfte Nistkästen für Eulen reinigen, bei der Öffentlichkeitsarbeit unterstützen und ganz praktisch Pakete mit Produkten für den Onlineshop packen. Am eindrücklichsten für mich war ein Seminar, bei dem ich inhaltliche Schwerpunkte setzen durfte. Es ging um das Thema Verwendung von Torf im Gartenbau. Verschiedene Gartenbauunternehmen waren anwesend. Ich kam mit ihnen ins Gespräch und war begeistert von den Möglichkeiten, einen positiven Einfluss durch die Gartenplanung im privaten und öffentlichen Raum zu schaffen.
Ich bekam eine Ausbildungsstelle in einem der Betriebe, die im Torfseminar anwesend waren. Es war mir sehr wichtig, dass im Betrieb Wert auf den Umweltschutz gelegt wird: Wir planen ausschließlich klimaangepasste Gärten und bauen aus Prinzip keine Schottergärten. Außerdem beziehen wir wo möglich regionale Baustoffe. Heute hänge ich immer noch ehrenamtlich Nistkästen auf und bereite mich gleichzeitig auf meine Meisterprüfung im Fachbereich Garten- und Landschaftsbau vor. Ich bin sehr dankbar für mein FÖJ, weil es mir ganz unerwartet meinen Traumberuf vorgestellt hat.

### M22 Hanna: Work & Travel in Australien

Mit dem Abiturzeugnis in der Tasche machte ich mich an die Planung meines Work & Travel-Abenteuers in Australien: Reisepass und Working-Holiday-Visum beantragen, Flüge buchen, Auslandskrankenversicherung abschließen, Kreditkarte beantragen, grobe Reiseroute recherchieren, Informationen zu möglichen Gelegenheitsjobs und Unterkünften sammeln. Und dann ging es los! Allein flog ich nach Sydney – 16 500 km Luftlinie von Frankfurt am Main entfernt.
Von Anfang an war mir klar: Australien ist riesig, das ganze Land kann ich nicht bereisen. Aber tolle Strände, Outback, Wombats, Kängurus, Koalas und Surfen mussten schon sein. Um mir den Lebensunterhalt zu finanzieren, suchte ich mir Gelegenheitsjobs: Ich arbeitete als Servicekraft in einem Café oder half auf Farmen. Die Farmarbeit war körperlich sehr hart. Niemals hätte ich gedacht, dass die Gemüseernte so anstrengend ist. Das Gemüse mussten wir Erntehelfer auf den Plantagen über schlammige Böden bis zum Trailer schleppen – und zwar von morgens bis abends. Eine Herausforderung der ersten Wochen waren auch meine Englischkenntnisse. Mich auf Englisch für Jobs vorzustellen, kostete mich anfangs einige Überwindung. Auch die Umsetzung von Anweisungen und Aufgaben fiel mir manchmal schwer, weil mir die Vokabeln fehlten.

Diese Erfahrungen waren einzigartig und prägend. Und weil ich den Austausch mit vielen verschiedenen Kulturen so interessant fand, habe ich nach meiner Rückkehr meinen Studienplan geändert. Eigentlich war mein Plan Betriebswirtschaftslehre zu studieren, ein Klassiker. Nun studiere ich International Cultural and Business Studies – ein Studiengang, der die Bereiche Wirtschaft, Sprachen und Kultur verbindet. Für mich die ideale Anknüpfung an meine Work & Travel Erfahrung!

### M23 Au-pair

Als Au-pair reist man ins Ausland und betreut dort als Kernaufgabe die Kinder einer Familie. Leichte Haushaltstätigkeiten zählen ebenfalls zu den Aufgaben eines klassischen Au-pairs, dazu gehört beispielsweise die Zubereitung von Mahlzeiten für die Kinder. Im Vorfeld werden alle Aufgaben vertraglich geregelt, sodass für beide Parteien Sicherheit herrscht. In diesem Vertrag wird auch die Bezahlung geregelt, die wöchentlich oder zum Monatsende erfolgt.
Vertrauen ist ein besonders wichtiger Aspekt innerhalb dieses Beschäftigungsverhältnisses, schließlich lebt man plötzlich mit Menschen zusammen, die man davor nicht kannte, und betreut deren Kinder. Es gibt verschiedene Möglichkeiten an eine Familie zu gelangen: Man kontaktiert hierfür in der Regel eine Au-pair-Agentur, die einem dann einen Fragebogen schickt und auf dieser Basis mit passenden Familien zusammenbringt. Außerdem werden in der Regel Empfehlungsschreiben benötigt. Es wird dazu geraten, Mühe in die Bewerbung zu investieren und den Fragebogen wahrheitsgemäß auszufüllen, damit die Zuordnung zur Familie auch passt. Wer als Au-pair arbeiten möchte, darf ein gewisses Alter nicht überschreiten und erhält vom Gastgeberland teilweise ein spezielles Visum, das die Einreise und Arbeit ermöglicht.

# Persönliche Reflexion

Im bisherigen Kapitel 3 haben Sie sich genauer mit verschiedenen Ausbildungswegen, Berufs- und Studienfeldern, Trendberufen sowie Gap-Year-Möglichkeiten auseinandergesetzt.

Überlegen Sie, welche Erkenntnisse Sie aus den allgemeinen berufskundlichen Kenntnissen für Ihren persönlichen Orientierungsprozess ziehen können. Notieren Sie Ihre Gedanken und Ergebnisse unten. Die kursiv gedruckten Satzanfänge können Sie als Impulse für Ihre Reflexion nutzen.

### Ausbildungswege: Ausbildung, duales Studium, Studium

*Ich bevorzuge …, weil …*

________________________________________

________________________________________

### Berufs- bzw. Studienfeldrecherche

*Das riesige Angebot an Studiengängen finde ich toll/einschüchternd, weil …*
*Ich interessiere mich am meisten für das Berufsfeld …, weil …*

________________________________________

________________________________________

________________________________________

### Gap-Year

*Ich interessiere mich für ein Gap-Year, weil …*
*Ein Gap-Year sollte man sich sehr gut überlegen, weil …*

________________________________________

________________________________________

________________________________________

# 4

# Nächste Schritte

## Meine Antreiber verstehen

**1** „Arbeit" ist ein zentrales Thema in der Gesellschaft. Dies zeigt sich an zahlreichen Sprichwörtern. Was bedeuten diese Sprichwörter für Sie?

- Morgenstund hat Gold im Mund.
- Erst die Arbeit, dann das Vergnügen.
- Arbeit ist das halbe Leben.
- Es ist noch kein Meister vom Himmel gefallen.

______________________________

______________________________

______________________________

______________________________

**2** Welchem Sprichwort zum Thema „Arbeit" stimmen Sie am meisten zu? Tauschen Sie sich zu zweit aus.

**M24 Interessen als Motivationstreiber**

Wenn wir Dinge erledigen, dann machen wir dies mit einer bestimmten Motivation. Im Alltag üben wir ständig Tätigkeiten aus, die einem bestimmten Zweck folgen: Wir räumen ein Zimmer auf, damit wir Dinge schnell finden, wenn wir etwas suchen. Dies ist ein Beispiel für eine intrinsische, also innere, Motivation. Sie greift, wenn wir etwas machen, weil wir es persönlich als bedeutsam ansehen.
Es könnte aber auch sein, dass wir das Zimmer aufräumen, weil wir Ärger mit den Eltern vermeiden möchten. Letzteres ist ein Beispiel für extrinsische, also äußere, Motivation. Das bedeutet, dass der Grund unseres Handelns nicht bei uns selbst liegt, sondern von äußeren Faktoren abhängt.

**3** Lesen Sie den Text → M24 und denken Sie über Beispiele aus Ihrem Alltag nach. Wann haben Sie das letzte Mal etwas aus intrinsischer Motivation heraus gemacht? Wann aus extrinsischer?

______________________________

______________________________

**4** Erstellen Sie vor dem Lesen des Textes → M25 eine Gedankenkarte zum Thema „Motivation im Beruf". Schreiben Sie alle Begriffe auf, die Ihnen einfallen.

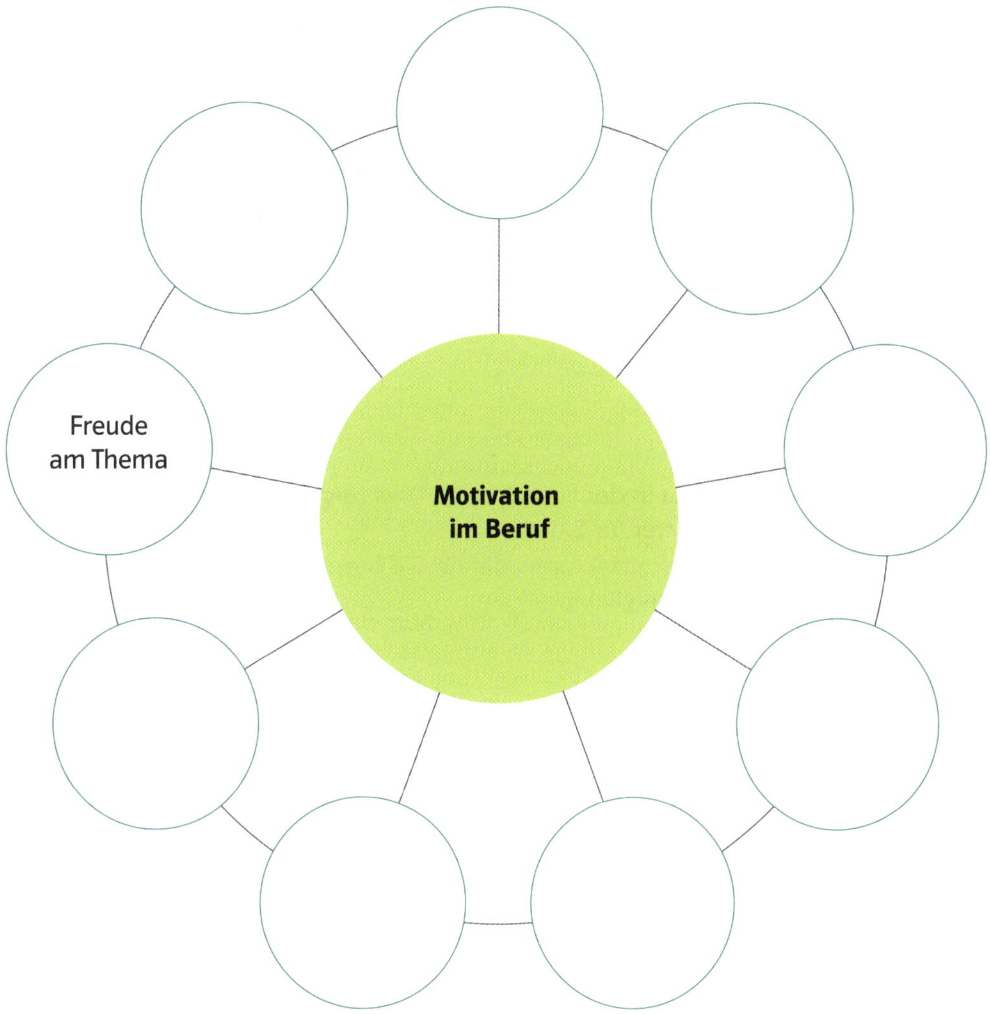


### M25 Arbeitsmotivation und berufliche Tätigkeiten

Das beschriebene Prinzip der Verbindung von Motivation und Tätigkeiten lässt sich auf die Arbeitswelt übertragen: Menschen haben unterschiedliche Motive, warum sie einem bestimmten Beruf nachgehen. Man kann eine berufliche Tätigkeit z. B. als reine Notwendigkeit wahrnehmen, um Geld zu verdienen und seinen Lebensunterhalt zu bestreiten. Manchmal kann die bewusste Freizeitgestaltung wichtiger sein als der tatsächlich ausgeübte Beruf. Anderen Menschen ist es hingegen wichtig, möglichst viel Geld zu verdienen, unabhängig davon, welchen Beruf sie konkret ausüben. Wieder andere interessieren sich hingegen mehr für die konkrete Tätigkeit, mit der sie in einem Beruf konfrontiert werden, und das Gehalt ist ihnen weniger wichtig. Sie möchten sich in ihrem Beruf individuell entfalten und müssen sich dafür mit den Aufgaben persönlich identifizieren können.
Jede der unterschiedlichen Motivationsformen existiert gleichberechtigt nebeneinander. Es geht nicht um eine „gute" oder „schlechte" Motivation, sondern darum, was der einzelnen Person wichtig ist. Die Motivation eines Menschen kann sich dynamisch entwickeln, sodass man mal mehr nach den eigenen Interessen geht und mal nach externen Faktoren. Wichtig ist, dass man sich über verschiedene Motivationsfaktoren Gedanken macht und für sich selbst prüft, welche Faktoren einem wichtig sind.

**5** Sortieren Sie nach dem Lesen des Textes → M25 die aufgelisteten Arbeitsmotive in „intrinsisch“ und „extrinsisch“. Ergänzen Sie weitere.

| intrinsisch | extrinsisch |
|---|---|
| | |
| | |
| | |
| | |
| | |
| | |
| | |

**6** Es gibt sicher einzelne Motivationsfaktoren, die für Sie besonders wichtig oder unwichtig sind. Kreisen Sie die für Sie wichtigsten Faktoren ein.

| | | |
|---|---|---|
| werteorientierte Arbeit | mögliche Auslandsaufenthalte | in der Arbeit aufgehen |
| flexible Arbeitszeiten | etwas für die Gesellschaft bewegen | Anzahl der Urlaubstage |
| eigene Ideen einbringen können | Freude an der Tätigkeit | Betriebskindergarten |
| vielfältige Entwicklungsmöglichkeiten | hoher gesellschaftlicher Status | kurze Arbeitswege |
| Bedeutsamkeit der Arbeit | möglichst hohe Vergütung | große Arbeitsplatzsicherheit |

**7** Diskutieren Sie im Plenum welche der genannten Motivationsfaktoren bei der Berufswahl die höchste Wichtigkeit haben. Ergänzen Sie bei Bedarf weitere Faktoren.

# Zukunftskompetenzen

Zukunftskompetenzen sind die Fähigkeiten, die innerhalb einer Erwerbstätigkeit von Bedeutung sein werden und bereits heute immer wichtiger werden. Die Bertelsmann Stiftung ist eine der größten deutschen Stiftungen. Im Rahmen einer Analyse von Stellenanzeigen hat sie die folgenden Bereiche als Zukunftskompetenzen definiert:

| Selbstmanagement-Kompetenzen | soziale Kompetenzen | kognitive Kompetenzen |
|---|---|---|
| Anpassungsfähigkeit | kritisches Denken | Einfühlungsvermögen |

In einem Bewerbungsgespräch sollten Sie sich darauf einstellen, dass diese überfachlichen Fertigkeiten Gesprächsgegenstand sein können. Die folgenden Impulse sollen Ihnen dabei helfen, diese Begriffe mit eigenen Beispielen zu füllen. Hierdurch beschäftigen Sie sich mit den Zukunftskompetenzfeldern und lernen, Fragen persönlich zu beantworten.

**Selbstmanagement-Kompetenzen**

1. Beschreiben Sie, wie Sie mit Zeitdruck umgehen. ☐
2. Erzählen Sie von einer Situation, in der Sie sich selbst motivieren mussten. ☐

**Soziale Kompetenzen**

3. Beschreiben Sie eine Situation, in der Sie erfolgreich in einem Team gearbeitet haben. ☐
4. Wie gehen Sie mit Konflikten im Team oder Freundeskreis um? ☐

**Kognitive Kompetenzen**

5. Wie sind Sie in einer schwierigen Situation zu einer Lösung gekommen? ☐
6. Nennen Sie ein Beispiel, bei dem Sie analytisch vorgehen mussten. ☐

**Anpassungsfähigkeit**

7. Beschreiben Sie eine Situation, in der Sie sich an unerwartete Änderungen anpassen mussten. ☐
8. Wie reagieren Sie, wenn eine Aufgabe nicht wie geplant verläuft? ☐

**Kritisches Denken**

9. Wann haben Sie eine Entscheidung bewusst hinterfragt und angepasst? ☐
10. Erzählen Sie von einer Situation, in der Sie Argumente kritisch bewerteten. ☐

**Einfühlungsvermögen**

11. Wann haben Sie sich zuletzt in die Perspektive eines anderen versetzt? Beschreiben Sie die Erfahrung. ☐
12. Erzählen Sie von einem Moment, in dem Sie jemandem durch Zuhören geholfen haben. ☐

**1** Arbeiten Sie zu dritt zusammen: Eine Person interviewt, die andere beantwortet die Fragen, die dritte Person beobachtet. Nach jeder Runde bekommt die antwortende Person ein Feedback zu ihrer Antwort. Es sollte ein persönliches und verständliches Beispiel sein. Im Anschluss wird rotiert. Die Interviewenden haken jeweils die gestellte Frage ab.

# Erwartungen in der Arbeitswelt

## Ein Praktikum aus verschiedenen Perspektiven

→ 

### M26 Personalreferentin

Aus unserer Sicht profitieren nicht nur die Lernenden und Studierende von einem Praktikum, auch für uns als Betrieb ist es eine Möglichkeit, die Arbeitnehmenden von morgen kennenzulernen und uns selbst vorzustellen. Daher ist es uns wichtig, ein sinnvolles und nachhaltiges Praktikum für beide Seiten zu gestalten. In den Stellenausschreibungen formulieren wir klar, was wir den Lernenden in einem Praktikum bieten und welche Aufgaben sie übernehmen werden. Zudem thematisieren wir unsere Erwartungen auch noch einmal im Bewerbungsgespräch – es kommt bei uns immer gut an, wenn die Bewerber:innen uns ihre eigenen Vorstellungen mitteilen und so Interesse an dem Betrieb und Beruf zeigen. Schließlich betrachten wir unsere Praktikumskräfte als potenzielle zukünftige Teammitglieder. Aus diesem Grund achten wir darauf, wie die Lernenden sich bei uns verhalten: Sind sie höflich und aufgeschlossen oder unachtsam und uninteressiert? Führen sie ihre Aufgaben sorgfältig aus oder drücken sich herum und warten nur auf den Feierabend? Entspricht ihre Kleidung dem Betriebsumfeld oder kommen sie in Jogginghose und bauchfreiem Oberteil?
Klar ist aber auch, dass im Praktikum vieles neu ist: die Aufgaben, das Umfeld, der Umgang miteinander und auch der Arbeitsalltag. Daher leiten wir unsere Praktikumskräfte durch klar strukturierte Aufgaben an und ermutigen sie, jederzeit mit uns zu sprechen, wenn sie Fragen oder Probleme haben. Wir erwarten natürlich nicht, professionelle Arbeitnehmende vor uns zu sehen, sondern interessierte und motivierte Lernende.

**1** Lesen Sie den Text → M26 über die Erwartungen der Personalreferentin an Praktikumskräfte. Notieren Sie welche Erwartungen das Unternehmen an junge Menschen hat und welche Ziele es mit dem Praktikumsangebot verfolgt.

| Erwartungen Unternehmen | Ziele Unternehmen |
| --- | --- |
| ______________________ | ______________________ |
| ______________________ | ______________________ |
| ______________________ | ______________________ |
| ______________________ | ______________________ |

**2** Überlegen Sie, welche Erwartungen Sie an einen Arbeitgeber bei einem Praktikum haben. Notieren Sie mögliche Fragen für ein Bewerbungsgespräch zum Praktikum.

______________________________________________

______________________________________________

______________________________________________

______________________________________________

______________________________________________

**M27 Schülerin**

Mein erstes Praktikum steht an und ich bin total nervös. Ich weiß gar nicht, was mich erwartet. Eine Stelle habe ich mir in einer Apotheke gesucht, weil Chemie und Biologie meine Lieblingsfächer sind und ich mir überlege, nach dem Schulabschluss eine Ausbildung oder ein Studium im Bereich Pharmazie zu beginnen. Ich habe im Internet recherchiert, habe aber trotzdem so viele Fragen: Es gibt so verschiedene Berufsbilder und ich wüsste gerne, wie der Arbeitsalltag aussieht und welche Fähigkeiten für den Beruf wichtig sind. Vielleicht erfahre ich, wie meine zukünftigen Teammitglieder zu dem Beruf gekommen sind und kann mich so besser orientieren. Nur hat man in der Apotheke so viel Verantwortung, man arbeitet schließlich mit Medikamenten. Ich habe große Angst etwas falsch zu machen. Und dazu habe ich ausgerechnet in der Praktikumswoche einen wichtigen Arzttermin. Das sollte ich ansprechen – ich hoffe, meine Chefin bekommt keinen schlechten Eindruck von mir.

**3** Welche Gedanken hat die Schülerin → M27 vor ihrem Praktikum? Notieren Sie die Sorgen und Wünsche.

______________________________

______________________________

______________________________

**M28 Student**

Meine schönste Erinnerung an die Schulzeit ist die Teilnahme an einem Planspiel, bei dem wir eine Firma gründen und leiten sollten. Meine Gruppe schaffte es sogar unter die besten zehn des Landes! Seitdem war klar, dass ich Wirtschaft studieren möchte. Darum habe ich mich für das Studienfach BWL entschieden. Ich hatte geplant, einen Schwerpunkt auf International Management zu setzen, und wählte daher Spanisch als Nebenfach. Am schwarzen Brett des Fachbereichs sah ich eine Ausschreibung für eine Praktikumsstelle des städtischen Museums. Ich wunderte mich sehr, aber die Stellenanzeige richtete sich explizit an BWL-Studierende. Also bewarb ich mich aus Neugier und wurde eingestellt! Nun erhalte ich als Werkstudent einen Einblick in das Museumsmanagement. Dazu zählen ganz „klassische" Aufgaben, wie Organisationsentwicklung, Personalplanung, Marketing und Rechnungswesen, aber auch ganz neue Aspekte, wie die Organisation von Museumssammlungen.
Meine Freundesgruppe wundert sich, ob die Arbeit in einem Museum überhaupt etwas mit meinem Studium zu tun hat. Ich sehe das anders. BWL ist für jeden Betrieb wichtig und daher natürlich auch für den Kulturbetrieb. Meine Werkstudentenstelle gefällt mir so gut, dass ich mir überlege, im Master das Studienfach Empirische Kulturwissenschaft zu wählen. So könnte ich mein Interesse an BWL und die neue Freude am Kulturbetrieb kombinieren.

**4** Was überrascht Sie an der Erfahrung des Studenten → M28? Was finden Sie hilfreich?

______________________________________________

______________________________________________

______________________________________________

**5** Teilen Sie sich in Gruppen auf und nehmen Sie die Position einer der drei Personen zum Thema Praktikum ein. Diskutieren Sie die Chancen und Herausforderungen eines Praktikums.

## Die nächsten Schritte SMART planen

Sie haben sich intensiv mit verschiedenen Themen der beruflichen Orientierung beschäftigt und sich dabei nicht nur mit Ihren Stärken, Vorstellungen und Wünschen auseinandergesetzt, sondern auch Kenntnisse und Anregungen zu Berufs- und Ausbildungsmöglichkeiten erhalten. Trotzdem kann es sein, dass Sie sich zu diesem Zeitpunkt noch nicht über alles im Klaren sind.

Sinnvoll ist an dieser Stelle, die nächsten Schritte bzw. Ziele Ihres Orientierungs- und Entscheidungsprozesses zu planen. Je konkreter und detaillierter Ihre Ziele sind, desto besser!
Die SMART-Formel kann Ihnen dabei helfen, sich über Ihre Ziele klarer zu werden und diese besser zu erreichen.

**So formulieren Sie SMARTe Ziele:**
Clara möchte gerne direkt nach dem Abitur Gebäude-, Energie- und Umwelttechnik studieren. Zugangsvoraussetzung ist ein technisches Vorpraktikum. Sie formuliert dieses SMARTe Ziel:

*Bis zum Beginn der Winterferien versende ich fünfzehn Bewerbungen für ein technisches Vorpraktikum an passende Unternehmen.*

Claras Ziel ist SMART formuliert, denn es erfüllt folgende Kriterien:

| | **Kriterium** | **Kontrollfrage** |
|---|---|---|
| **S** | spezifisch | Was genau möchte ich erreichen?<br>*Ich möchte ein technisches Vorpraktikum absolvieren, um die Zugangsvoraussetzung für mein Wunsch-Studium zu erfüllen.* |
| **M** | messbar | Wann erkenne ich, dass ich das Ziel erreicht habe?<br>*Mein Ziel ist erreicht, wenn ich die fünfzehn Bewerbungen versendet habe.<br>Damit erhöhe ich meine Chancen für eine Zusage.* |
| **A** | attraktiv | Wie wichtig ist die Zielerreichung für mich? Warum will ich dieses Ziel erreichen?<br>*Ich möchte Gebäude-, Energie- und Umwelttechnik studieren.<br>Dafür benötige ich das Praktikum. Daher ist es mir sehr wichtig.* |
| **R** | realistisch | Ist das Ziel für mich erreichbar?<br>*Mein Vorhaben ist erreichbar. Für die fünfzehn Bewerbungen habe ich drei Monate Zeit. Von der Studienberatung habe ich bereits einige Adressen passender Unternehmen erhalten.* |
| **T** | terminiert | Bis wann möchte ich das Ziel erreichen?<br>*Ich werde die Bewerbungen bis zum Beginn der Winterferien verschickt haben.<br>Pro Monat werde ich jeweils fünf schreiben.* |

**Weitere Tipps für Ihre Planung:**

- Achten Sie auf Zeiten und Fristen, z. B. Anmeldung zu einer Informationsveranstaltung, Terminvereinbarung für eine Beratung, Bewerbungsfristen.
- Überlegen Sie, wer Sie bei bestimmten Zielen unterstützen kann (z. B. Familie, Lehrkraft, Berufsberatung, Studienberatung).
- Legen Sie sich digital oder analog einen Ordner mit Rechercheergebnissen zu Berufen, Ausbildungs- und Studienoptionen an. Dort können Sie auch Praktikumsnachweise, Ihren Lebenslauf und Bewerbungen ablegen.

**1** Formulieren Sie drei eigene SMARTe Ziele und wer Sie bei diesen Zielen unterstützen kann. Nutzen Sie hierfür die Tabelle → M29.

**M29 Planung der nächsten Schritte**

| SMARTes Ziel | Unterstützung |
| --- | --- |
| | |

# Die Circles App

Die App unterstützt Sie dabei, Ihre Stärken und Interessen einzuschätzen. So können Sie herausfinden, wie gut Ihre Fähigkeiten zu verschiedenen Berufen passen. Zunächst schätzen Sie selbst ein, wie stark Ihre überfachlichen Kompetenzen ausgeprägt sind. Die Ergebnisse zeigen Ihnen, wie gut diese zu bestimmten Ausbildungs- oder Studienberufen passen. Dabei erhalten Sie nicht nur allgemeine Informationen über die Berufe, sondern auch authentische Beispiele von Menschen, die in diesen Berufen tätig sind.

In der App finden Sie eine Liste mit Berufen, die zu Ihnen passen könnten. Jeder Beruf ist mit einem Prozentwert versehen, der zeigt, wie gut Ihre Stärken mit den Anforderungen dieses Berufs übereinstimmen. Zudem wird transparent gemacht, welche Merkmale genau übereinstimmen. So können Sie besser verstehen, was für diesen Beruf wichtig ist.

## Was bietet die Circles App?

Das wichtigste Merkmal der App sind vier schwarz hinterlegte Symbole, die nach der Eingabe Ihres angestrebten Schulabschlusses unten auf dem Bildschirm erscheinen. Die dahinter liegenden Themenbereiche sind teilweise verzahnt und können daher erst nach der abgeschlossenen Fremdeinschätzung („Worin du gut bist“) vollständig genutzt werden.

**Menü** (oben rechts): Hier können die Eingaben verändert und gelöscht werden und die Angaben zur Person bearbeitet werden.

**IKIGAI-Reise:** Eine vertikale Linie verbindet die einzelnen Schritte der IKIGAI-Reise. Nachdem Sie einen Schritt bearbeitet haben, gelangen Sie automatisch zum nächsten. Die beiden Punkte *Deine Berufsvorschläge* und *Dein Persönlichkeitsprofil* werden freigeschaltet, sobald Sie die Teile „Was du liebst“, „Was die Welt braucht“ (Selbsteinschätzung) und „Worin du gut bist“ (Fremdeinschätzung) abgeschlossen haben.

**Berufsvorschläge:** Sobald Sie die Selbst- und Fremdeinschätzung in der IKIGAI-Reise abgeschlossen haben, werden Ihnen hier passende Berufsvorschläge angezeigt. Diese basieren auf einem Abgleich mit den Daten echter Berufstätiger. Sie können hier auch mehr zu den jeweiligen Berufen erfahren.

**Wunschberufsuche:** Ihr Wunschberuf ist bei den Berufsvorschlägen nicht dabei? Dann nutzen Sie die Wunschberufsuche. Oberhalb der angezeigten Berufe können Sie Ihren Wunschberuf eingeben. Die App zeigt Ihnen dann den Beruf und die Übereinstimmung mit Ihren Stärken an.

**Inhaltebereich:** Im Inhaltebereich finden Sie Videos und Informationen zu Themen wie Gap-Year, Bewerbungstipps, Berufswahlkriterien und ein Trendberufequiz mit dem Titel „Beruf mit Zukunft?“. Unter dem Titel „Erst mal ein Jahr Pause?“ gibt es Infos zum FSJ, Au-pair, FÖJ, Praktikum, Sprachreise und Work & Travel. Die Bewerbungstipps helfen Ihnen bei Bewerbungsschreiben und Vorstellungsgesprächen.

**Persönlichkeitsprofil:** Hier können Sie Ihre Stärken und Schwächen einsehen, die auf den Einschätzungen aus der IKIGAI-Reise basieren. Außerdem können Sie Ihre Favoriten aus den Berufsvorschlägen ansehen und eine Checkliste mit der Überschrift „An alles gedacht?" nutzen.

## Verknüpfung Arbeitsheft und Circles App

| Kapitel | Seite/Aufgabe | App |
|---|---|---|
| 1 – Abi und dann? | S. 7<br>S. 9, M7<br>S. 11 | Ikigai-Reise – Was du liebst<br>Ikigai-Reise – Worin du gut bist<br>Ikigai-Reise – Was die Welt braucht; Berufsvorschläge; Wunschberufsuche |
| 2 – Wege der Entscheidung | S. 14, M10<br>S. 15<br>S. 19, M13 | Berufswahlkriterien<br>Wunschberufsuche<br>Erst mal ein Jahr Pause? – Praktikum |
| 3 – Möglichkeiten nach dem Schulabschluss | S. 24, M18<br>S. 25, Aufgabe 2<br>S. 26, M20<br>S. 27, M21<br>S. 28, M 22, M23 | Quiz „Beruf mit Zukunft?"<br>Quiz „Beruf mit Zukunft?"<br>Erst mal ein Jahr Pause?<br>Erst mal ein Jahr Pause? – FÖJ<br>Erst mal ein Jahr Pause? – Work & Travel, Au-pair |
| 4 – Nächste Schritte | S. 33<br>S. 34<br>S. 37 | Bewerbungstipps<br>Erst mal ein Jahr Pause? – Praktikum<br>Checkliste „An alles gedacht?" |

## Meine Notizen